BEAR GRYLLS ADVENTURES

贝尔 神奇生存指南针系列 ⑩

CHUANGRU ZHANGPENG DE HEIXIONG QUANJISHOU

闯入帐篷的黑熊拳击手

[英] 贝尔·格里尔斯 著 陈芳芳 译

接力出版社
Publishing House

桂图登字: 20-2016-331

图书在版编目（CIP）数据

闯入帐篷的黑熊拳击手 / (英) 贝尔 · 格里尔斯著 ; 陈芳芳译. 一南宁 : 接力出版社, 2020.5

（贝尔 · 神奇生存指南针系列）

ISBN 978-7-5448-6439-8

Ⅰ. ①闯… Ⅱ. ①贝… ②陈… Ⅲ. ①儿童小说–长篇小说–英国–现代 Ⅳ. ①I561.84

中国版本图书馆CIP数据核字（2020）第041090号

责任编辑：袁怡黄　朱丽丽　车　颖　　美术编辑：林奕薇

封面设计：林奕薇　　责任校对：杨　艳　　责任监印：刘　冬

社长：黄　俭　　总编辑：白　冰

出版发行：接力出版社　　社址：广西南宁市园湖南路9号　　邮编：530022

电话：010-65546561（发行部）　　传真：010-65545210（发行部）

http://www.jielibj.com　　E-mail：jieli@jielibook.com

经销：新华书店　　印制：北京尚唐印刷包装有限公司

开本：880毫米 × 1250毫米　1/32　　印张：4.25　　字数：40千字

版次：2020年5月第1版　　印次：2020年5月第1次印刷

印数：0 001—8 000册　　定价：28.00元

致初次阅读本书、

具有冒险求生精神的年轻人

希望你通过阅读冒险的故事开阔眼界，

希望你拥有一颗勇敢的心，

用坚定的意志顺利完成梦想之旅。

目　录

翻滚的悠波球

莉莉屏住呼吸，此时米娅将球打了过去，只见球从空中飞过，慢慢往下落。球就要着地了！那块区域无人防守！

莉莉激动不已，以为胜券在握，正想大喊“好球”，结果卡勒姆不知从哪儿冒了出来，他一跃而起，奋力挥动球拍。羽毛球贴着场地中间的球网，又飞到了莉莉那一边，大家还没反应过来，羽毛球就落了地。

“得分了！”卡勒姆高呼，“落地，

得分！”

卡勒姆带着整个小组手舞足蹈起来，他们获胜了，能不高兴吗？只有莉莉一人目瞪口呆。

“球刚才在你们这边落地了！”米娅很不服气，“你们不该得分！”

“没有！”卡勒姆争辩道，“我在球落地之前接住了！”

米娅挥动球拍示意莉莉。

“莉莉！你当时离得最近！快，你来告诉他！”

“我，呃……”莉莉刚一开口就顿住了。她非常确信米娅说的是对的。羽毛球碰到了地面，然后卡勒姆硬把球从地上挑了起来。所有的眼睛都看向莉莉。莉莉脸通红。

“我，呃，我觉得……”她依旧结结巴巴。

“瞧！莉莉觉得球没落地！”卡勒姆不依不饶。

“她没说！”米娅气坏了，“莉莉，你倒是说话呀！你看到球着地了，对吧？”

“呃……”

莉莉知道，无论她怎么说，都会有人不高兴。卡勒姆和米娅都急了。她心里特别懊恼，她讨厌这样的自己，她害怕站到大家面前，她更害怕惹别人不高兴。

“我得走了！”她一边说，一边从球场上跑走了，“我可不想迟到！”

莉莉刚看到滚球游戏的时候，就觉得这个游戏特别好玩。大家两两一组，要待在透明的悠波球内，球要沿着树林最高处空地边缘的沙地跑道往前滚。他们要用力推动球，还要避免撞到别的球或者树木。莉莉一个星期都在盼滚球游戏，现在终于轮到她了。

莉莉前面有很多人在等，米娅也在其中，莉莉希望她没有因为自己而生气，但

她还是有些犹豫，往后退了退。她将手插进衣兜，无精打采地坐在队伍最后。

咦，衣兜里是什么？哦，对了，是指南针。这还是昨天结束飞盘游戏之后哈里给她的。哈里赢得了飞盘游戏，可是因为他的声音太大，把她吓到了，所以他给了莉莉这个指南针，表示歉意。当时莉莉觉得很奇怪，心想：他怎么知道我喜不喜欢指南针？可她胆子太小，什么也没说。

就在这时，树林中出现了悠波球，每一个悠波球里面都有一名领队。莉莉忘了指南针的事，看着领队纷纷从悠波球里爬出来，然后仔细听其中一名领队讲解游戏规则。

“一个悠波球里两个人。要系好安全带，两条都要系好，这个很重要，不然不安全。如果你在球里滚来滚去，会受伤的。要让球滚动，两个人得往一个方向使力，瞧，就是这样！好啦，大家选一下搭档，我们带大家看一下赛道。”

“莉莉，你跟我一组吗？”米娅脸上露出了友好的笑容。莉莉也笑了。米娅并没有因为刚才的事生气，真是太好了！

“当然！”

莉莉和米娅看着第一组的两个人沿着赛道走了一圈。悠波球跌跌撞撞，在赛道上胡乱滚动，周围的人看了，又是叫，又是笑。最后，球回到了起点，球里面的两

个人走了出来，依旧晃晃悠悠，笑个不停。

接下来上场的是莉莉、米娅，乔、奥马尔。他们分别踏进悠波球，领队封住了悠波球的入口处。球里面雾蒙蒙的，不过莉莉依然能看清周围。米娅开始系安全带，突然她停住了，她没有系第二条安全带。

“系两条安全带太不舒服了，我之前玩过这个游戏，系一条没关系的——我们准备好啦！”她冲领队大喊，领队正在等她们的确认信号。

“可领队说了，系两条安全带很重要。”莉莉本来想说这句话，可米娅看上去一脸自信，她也就没再说什么。

就在这时，领队用力推了一下她们的

球，球立刻滚了出去。

整个世界都开始旋转了，莉莉感觉脑袋在转圈，肚子里面也在转圈。这个时候她才明白为什么早餐不让吃太多。

两个女生很快就掌握了要领。只要稍

微倾斜，球就能向前滚，或向左右两侧偏移。

“男生过来了！”米娅大喊。

乔和奥马尔的球朝她们这边滚来。

“他们难道要撞咱们吗？”莉莉说话

的时候声音都在发抖。

故意撞击是违反滚球游戏的规则的，可现在乔和奥马尔似乎就打算这么做。莉莉没想到他们会违反规则，可是……

砰！

两个悠波球撞到了一起。

因为冲击，两个悠波球都偏离了赛道。

莉莉看到球不停冲过树之间的空隙，朝斜坡滚去。

“米娅，咱们要往右滚！”

“明白！”

米娅和莉莉往右倾斜身体，想让球回到赛道上。

砰！

男生的球又撞了过来。

女生的球迅速滚动，米娅挂在了球顶。

就在这时，魔术贴刺啦一声响，米娅的安全带松了。

“啊！”

米娅扛不住重力的作用，一下子滚落下来，趴到了莉莉身上。

“啊！”莉莉惊呼起来。

莉莉系着两条安全带，可两个女生此时已经缠在了一起，球完全失衡了。莉莉感觉球摇摇晃晃朝山坡下滚去。

“米娅，快起来！你得站起来……”

太迟了。球已经沿着斜坡滚了下去……

周围顿时天旋地转，球迅速滚动，莉莉的头被撞来撞去，球滚落的速度越来越快，弹得越来越高。现在球已经完全失控了。

山高路长

米娅在悠波球里跌跌撞撞，一直尖叫不止。莉莉觉得整个人都在做自由落体运动。

“啊！”

“啊！”

米娅和莉莉蜷缩在悠波球里面，悠波球不停滚动，嘎吱作响，最后撞到了地上，停了下来。悠波球滚动的时候，那枚指南针一直在莉莉的衣兜里，戳得她的腿好疼。米娅从她身上爬下来之后，莉莉掏出了指南针。

“哎呀！”米娅表情复杂，一副哭笑不得的模样。

莉莉没笑，她只想哭。米娅几次三番摔到她身上，她觉得浑身都很疼。可莉莉并没有检查身上的伤势，她只顾看手里的指南针。指针转个不停，而且刻度盘上有五个方向。很明显指南针摔坏了。哈里知道了，会不会生她的气呢？

要是米娅一开始就按照规则做，系好两条安全带，讨厌的失控局面就不会出现。现在倒好，连哈里的指南针也给毁了。

可莉莉什么也不想说，她不想破坏和

米娅的友谊，不想惹更多的麻烦。

“快点，”米娅说，“咱们赶紧出去，莉莉。”

莉莉离出口比较近，她只要拧几下螺丝，用力一推就可以了。她开始往外爬。

"啊！"

突然，莉莉从斜坡上滑了下去，随后大大小小的石子不停掉落。

最后，莉莉被什么东西一撞，停了下来。她感觉身下好像是石头，特别硬，她被撞得喘不过气来。她躺着一动不动，紧闭双眼，感觉周围情况稳定了才睁开眼睛。悠波球一定是停在了山沟顶部，莉莉打开悠波球出口的时候，看都没看外面的情况，就一脚踏了出去。

莉莉站起身，拍了拍身上的泥土。

"哎，可真够倒霉的……"她小声嘀咕道。

然而，话还没说完，她就愣住了——

她这才发现自己置身何处。

莉莉站在原地慢慢转身。

周围没有山沟，没有悠波球，也没有米娅的影子。

原来，她根本不在露营地。

她摔下来的斜坡有足球场那么长，像屋顶一样陡。斜坡上都是大大小小的石头。莉莉撞在了其中一块石头上，再往前几米，斜坡骤降，坡度更陡了。

不过，这些只是开场，奇怪的事还在后头呢。

莉莉发现，远处有数不清的山和深深的峡谷。其中一些较低的山坡上似乎长满了树，山顶光秃秃的，只有石头。远远望去，周围就像是山形成的海洋。

冷风吹来，直接钻进了莉莉单薄的上衣。她不禁缩了缩，抱紧胳膊，想让自己暖和一点儿。接着，她抬头向上望了望。

不管自己是怎么到达这里的，反正有一点很清楚：她必须离开这里，不能站在这里吹风。她又望了望连成片的山顶。

她发现，一侧斜坡往前延伸，慢慢变

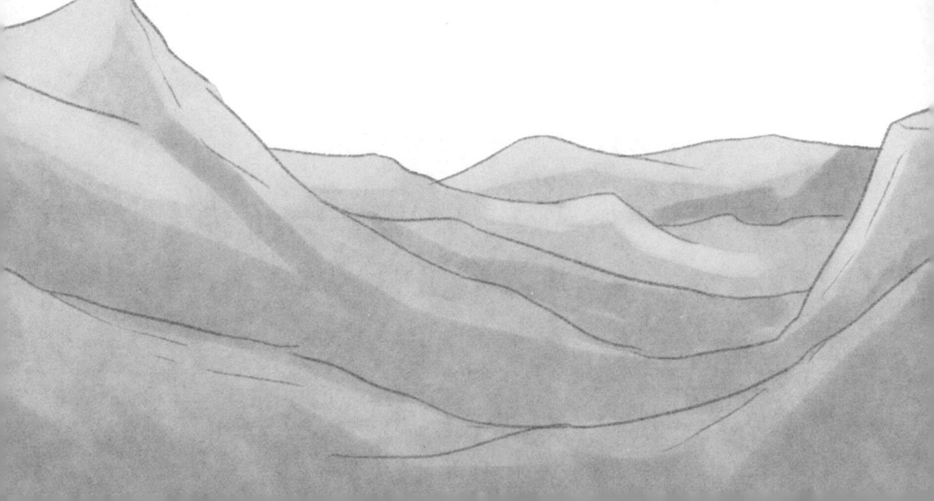

成了平坦的山脊，她可以沿着山脊往前走。她好像还看到山脊较高处有一条路，直通下面的山谷。好，她做出了决定。她要去山谷那里。

然而，从山顶走到山谷，说起来容易做起来难。第一步，她要离开脚下这块看起来比较安全的石头。山坡看上去十分陡峭，十分危险，每一步她都得格外小心。

莉莉觉得最好的办法是四肢着地，从侧面爬过去。

她小心翼翼伸出一条腿，然后伸出一只手，接着是另一只手，最后伸出了另一条腿。她慢慢往山脊那边爬，不敢往下看。想到下面坡度那么陡，她就吓得不敢

动弹了。

突然，一块石头松动了。莉莉脚一滑，单膝跪地，重重摔了一下。她听到了石头滚落的声音，等石头掉下去之后，周围突然没了动静。

莉莉的心突突直跳，她比任何时候都害怕，差点就哭了出来。可她知道，她只能继续爬。她慢慢伸直腿，再次迈出了步子。

一开始莉莉爬得很小心，可看到山脊越来越近，她就忍不住想加快速度。

糟糕！她的脚又踩滑了，这次整个人

都趴到了地上。更糟糕的是，她感觉身体在顺着山坡往下滑，她的手指和双脚都在用力，想撑住身体，可一点儿用都没有。她整个人翻起了跟头，身体完全失控了。莉莉跌跌撞撞往下滚，那条更陡峭的斜坡越来越近了。

石头地里的会合

“把胳膊和腿都伸直！”

只听一个人大喊起来。虽然耳边有石头滚落的声音，虽然自己已经吓坏了，可莉莉还是听到了那人的声音。

“快！把胳膊和腿都伸直！快啊！”

莉莉照做，像海星一样伸展身体。

她还在往下滑，但已经不翻滚了。很快她就感觉到下滑的速度变慢了。最后，

她终于停了下来。莉莉仰面躺着，大口喘气。她一动也不敢动。

“你还好吧？”那个人大声问道。

莉莉什么也说不出来。她知道她应该回答，可她根本说不出话。

“你还好吗？可以走过来吗？”那个人又问。

莉莉定睛一看，此时她就在悬崖边上，差点就要掉下去了。她又紧张起来，感觉似乎动一下就会掉下去，悬崖下面像有磁铁一样，一直在吸引她。

“我……我感觉……我不行。”她总算说出了话，并且尽量控制自己，不让声音发抖。

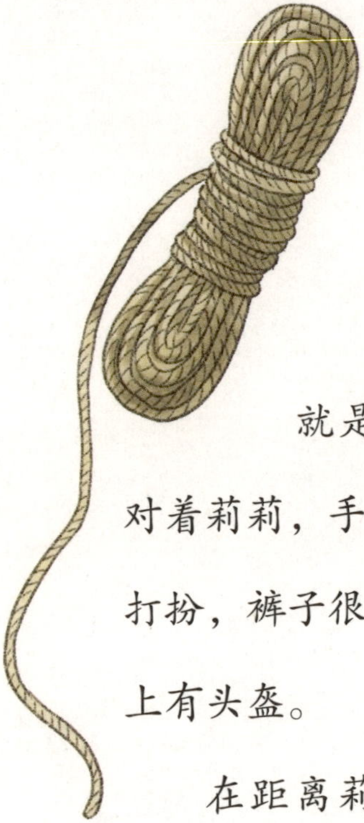

“好，等一下。”

一双靴子出现在了石头地面上，接着，整个人都出现在了莉莉的视野当中。他就是刚才说话的那个人，他背对着莉莉，手里拉着一根绳子，一身登山打扮，裤子很结实，上半身是防风服，头上有头盔。

在距离莉莉不远处，说话的人停了下来。

“好啦，绳子只有这么长，所以，你要勇敢，这一小段路你要自己走过来，可以吗？我来告诉你怎么做。”

莉莉点点头，可她一点儿也不勇敢。

“真棒！好了，首先，翻个身。”莉莉根本无需对方重复，就行动起来了。她知道自己身陷困境，不管对方是谁，她只能选择相信。“很好，”看到莉莉慢慢翻过身来，那人又说，“非常好，表现不错。”

莉莉继续听从对方的指挥，她转过身，然后小心翼翼地向说话的人爬去，一次只挪动一只手或一条腿。

真是太考验人了！可莉莉没有退缩，一直听从指挥。她动作很慢，但很稳。最后，她总算爬到了他身旁，他一把将她拉了起来。

“太棒了！好啦，你走到我前面，抓住绳子，咱们慢慢爬上去……”

几分钟之后，两人就来到了平地上。那个人卷起绳子，收进了背包。

“对了，你怎么到悬崖边上的？”他面带微笑，友好地问。

莉莉不知道该怎么回答。她什么也没说。

那个人依旧友好地看着她。

“很害怕，对吧？没事的，我懂。哦，对了，我叫贝尔，正在山上找新的路线。看来，咱们要一起了。准备好开始真正的探险了吗？”

莉莉抬头看着一望无尽的山顶，她不知道该怎么回答，她不知道自己想不想探

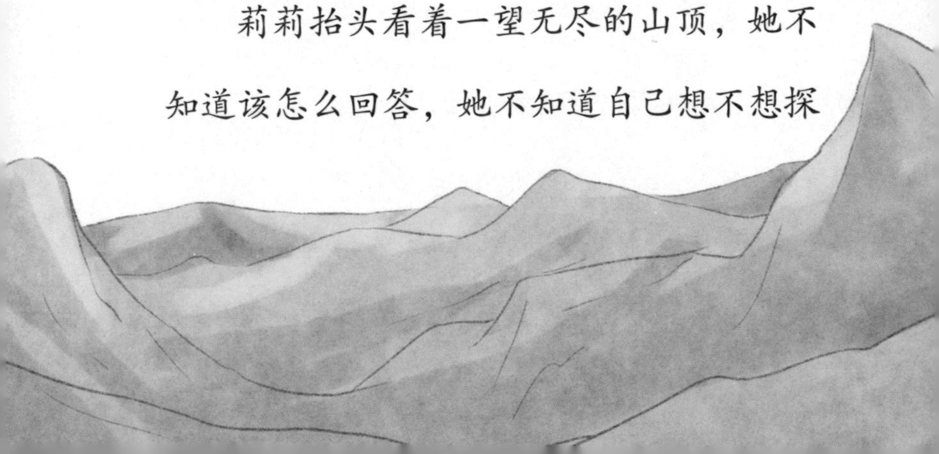

险。其实，她希望这一切赶紧结束，她想尽快回到露营地。

可她发现，除了和贝尔一起，似乎也没有别的方法下山了。

“贝尔，谢谢你帮我，”她最后说，“我叫莉莉。”

“很高兴认识你，莉莉。”贝尔伸手往背包里摸索，“登山的话，你得有合适的装备。你的裤子不错，很轻便，很结实，不过，T 恤外面还得再穿点什么。登山的时候，要多穿几层，这样有助于保暖，因为衣服之间有空气。”

贝尔从背包里摸出了一件上衣。“这件不错……”

莉莉正准备接过来，结果他又掏出一件。

“或者这件？”

他把两件上衣摆在石头上，又往背包里掏。

“还有这个……”

最后，莉莉看到了一堆外套，还有汗衫、防风衣，另外还有帽子。

“挑你喜欢的。”贝尔兴致勃勃地说。

莉莉看着石头上的这堆衣服发呆，看来自己得做决定了。她讨厌做决定。对她来说，做决定和抓着绳子攀爬一样让她紧张。

“我不知道怎么选，”莉莉支支吾吾地说，“嗯……你觉得哪件好，贝尔？”

贝尔一脸和气。

“莉莉，你不用担心选错，”他温柔地说，“只要穿上舒服就可以。衣服要适合你才行。”

莉莉好像不那么担心了。

她选了一件外套，一件汗衫。

“选得不错，”贝尔肯定道，“你还需要一顶头盔和一双靴子，运动鞋不行。”

他拿出一顶头盔，一双结实的皮制登山靴。莉莉戴上头盔，穿上登山靴，在原地活动了一下双脚。靴子紧紧裹住了双脚和脚踝，她觉得自己在满是石头的地面上依然可以站得很稳。

“谢谢，感觉很棒。”莉莉说。

贝尔看了看远处的山。

“很好。现在装备也齐了，咱们该出

发了。爬山的话，要选最容易的路，也就是我刚才过来的路。”他指了指，又说，“咱们要走到山谷里，因为山谷里暖和，更容易找到落脚地和吃的。如果可以的话，最好沿着山脊往下走，因为山脊上视野好，可以看到四面八方，还可以清楚地看到前进的方向。所以，如果咱们从这里往前走，就能到达山脊，然后沿着隆起的地方往下走，就能……”

其实，贝尔描述的路线也是莉莉之前想象的路线。她本来想说的，可又不敢，因此什么也没说。不过，知道自己之前的想法是对的，她还是很高兴。很清楚接下来去哪里，这种感觉真好。也许不用太久

她就能回到露营地了。

他们都从贝尔的水壶里喝了一些水，然后又各自吃了半根能量棒。

“能量足够咱们现在用的了，”贝尔说，“接下来每四个小时休息一次，每次休息五分钟，不用一直硬撑着，过几个小时咱们再补充食物。这样可以吗，莉莉？”

莉莉盯着地面默默不语，但还是点了点头。

“好，咱们出发！”

他们向着山脊走去，很快，前面的道

路就成了隆起状态，路面只有三四米宽。路的一侧是高高耸立的悬崖，另一侧是陡峭的斜坡。

“我就是从这儿过来的，”贝尔说，“莉莉，你不恐高吧？”

路足够宽，走的时候不会贴到边。

“我觉得没事，只要不胡思乱想就行！”莉莉看了看斜坡，回答道。

“好样的！出发！”

莉莉跟着贝尔往前走，从这次奇怪的探险开始以来，她第一次感觉到有了信心。

突然，巨大的嘎吱声响彻四周，莉莉感觉声音是从地下钻上来的，然后顺着双腿钻进了她的肚子。

“地面裂开了！”贝尔大喊，“往回跑，快！”

他们迅速冲了回去，噪声越来越大。就在他们前面十米的地方，一大块山体断裂了，那块掉落的石头足足有一座房子那么大。

高高耸起的海底

那块石头重重砸到山谷地面时，冲击力巨大，震得尘土和碎石到处乱飞。莉莉壮着胆子往下看。

“这怪不怪咱们？”她大口喘着气。莉莉如果做错了什么事，总会在第一时间站出来承认错误，可她万万没想到，自己会弄坏一座大山！

贝尔笑着摇了摇头。

“这些山已经有几百万年的历史了。山体上的小裂缝经过几百年的时间，会越

来越大，最后会因为重力作用发生断裂，就像刚才，咱们刚好碰上了。”

“哦！”

莉莉松了一口气，但很快又紧张起来。

他们没办法再沿着山脊往前走了，那块大石头掉下去之后，这条路就断了。

“那个……嗯，贝尔，咱们是不是被困在这儿了？”

“一定还有别的路，”贝尔说，“我刚才说，这是最容易的一条路，但不是唯一一条啊。咱们只要找到第二容易的就可以啦！等等……瞧这个。”

刚才大石头掉下去的时候，还有几块石头也一同掉了下来。贝尔递给莉莉一块拳头大小的石头。石头上有螺旋状的花纹，就像海螺。

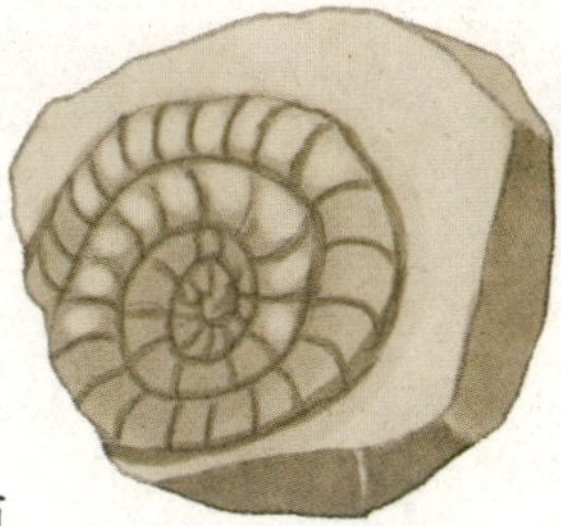

“哇，是化石！”莉莉惊呼。

“这家伙是史前海洋里的生物，以前是会游泳的，”贝尔说，“它死后沉到了海底。咱们之所以在这里见到它，是因为海底每年都会上升一毫米，就这样过了几百万年。现在你知道这些山历史有多悠久了吧？”

“好酷啊！”莉莉一脸好奇地看着那块化石。

“留着吧，当纪念品，”贝尔提议道，“咱们还会遇到很多。”

“谢谢。”莉莉把那块化石装进衣兜，“好吧，那第二容易的路在哪儿呢？”

“在这边。”贝尔笑着说。两人继续赶路。

莉莉知道，这一带贝尔来过，可她还是有些紧张。现在唯一的出路就是回到贝尔救她的斜坡，万一她再次跌下去怎么办？

有好几次莉莉都想开口说出自己的担

心，可每次话刚到嘴边，她就放弃了。她不想让贝尔觉得自己很麻烦。

路过和贝尔最初见面的地方之后，贝尔并没停下来，莉莉这才松了一口气。她一直盯着陡峭的石坡看，直到看不见了才回头。

可很快他们又到了一处斜坡前，斜坡从高高的悬崖底部开始，一直往下延伸，坡底比较平坦。斜坡上全是拳头大小的石块。

“这些石块会往下滑的，对吧？”莉莉问。

贝尔点点头。

“这个是碎石坡，也是经历

几百万年的时间才形成的。石块都会松动，不是固定在坡面上的。不幸的是，咱们得从这里下去。最佳方法是快速冲下去。”

莉莉又想到了刚遇到贝尔的那片斜坡。下坡的时候，莉莉不喜欢快速冲下去。她深吸一口气，鼓足勇气对贝尔说：“呃……贝尔，咱们慢慢下去不是更安全吗？”

贝尔停下脚步，笑着答道：“嗯，听上去慢慢往下爬是不错。”紧接着，他话风一转，“可如果放慢速度，那些松散的小石块就会跟着往下滑，咱们会摔下去的。所以要大步流星，将重心放在脚后跟

上，这样身体才不会向前冲，出现失衡的情况。”他嘿嘿笑着看向莉莉，莉莉一直没抬头，盯着斜坡上下打量。“如果感觉很滑，可以试着向两侧微微转身。这样有助于保持平衡，不会一下子仰面摔倒在地。不过，莉莉，你只要大胆往下冲就行了，不会有问题的！”

贝尔先冲了下去，他大跨步前进，用胳膊保持平衡。坡很陡，

每迈一步，贝尔的腿似乎都在半空中。莉莉等了一会儿，确定自己掌握动作要领之后，她才跟着贝尔冲了下去。

往下冲真是太难了。莉莉竭尽全力模仿贝尔的动作，可坡面上的石头都是松动的，脚无法找到可靠的着力点。每跑一步，小石头都会跟着乱滚。幸好坡面虽然很陡，可莉莉没有摔跤。

她把重心放在脚后跟上，一步踩稳了，才开始下一步。不一会儿，两个人就冲到了坡底。他们身后依然有碎石滑落，可很快就没了动静。

莉莉得意地笑了，贝尔也笑了。

“很棒，莉莉！你冲下来的时候看上

去很有信心呀！瞧，咱们已经走完了九十米的下坡路。”贝尔说，“好啦，来看看接下来怎么办。这一段我没走过，所以咱们得一起探索了。”

两人很快就明确了接下来的行动方案。可不幸的是，他们要从三条路线中做出选择。

一是顺着碎石坡往上爬。

二是顺着近乎垂直的悬崖往上爬，悬崖相当于几栋房子摞起来那么高。

三是从悬崖的另一侧爬下去。

贝尔和莉莉并肩站在悬崖边上往下看。

“你瞧见了没？”贝尔说，“咱们可以

将整个斜坡分成几段。这边是一条山脊，走完之后那边还有一条。这样就能到达之前咱们想要去的地方了。很明显这条路最合适。”

莉莉低头看了看将要走的斜坡。这真是最容易的一条路吗？

莉莉知道她必须大胆地表达自己的想法。如果她什么都不说，贝尔可能觉得她很擅长攀爬。

可如果她说她不擅长攀爬，贝尔会不会觉得她很笨呢？

唉……天哪！

一折为二

贝尔把背包放在地上，然后掏出了那卷绳子。他发现莉莉一声不吭站在旁边。

“你在想什么呢，莉莉？”他问。

莉莉心里乱糟糟的，也许直接跟贝尔说自己什么都没想比较好，可她又不愿意撒谎。所以，她又采取了一贯的做法：保持沉默。

贝尔温和地笑了笑。

“莉莉，你知道吗？如果大家一起探险，组成一个团队，那每个人都要知道

其他人能做什么，不能做什么。现在咱们是一个团队，了解彼此关乎性命安全。所以，如果你感觉困难，一定要告诉我，千万别犹豫。”

“好……”莉莉的声音有些发抖，“我以前没有爬过这样的山，”莉莉想到了露营地的攀岩墙，“只练习过一点儿攀岩。”

贝尔点点头，他从背包里掏出了一卷东西，好像是缝在一起的帆布圈。这个东西莉莉认识，看到自己熟悉的东西感觉可真好。

“是登山安全带，对吧？”

“没错，你一个，我一个。会用吗？”贝尔问。

“当然。”她说。莉莉记得在露营地学过怎么使用登山安全带。她感觉现在多了一些自信。

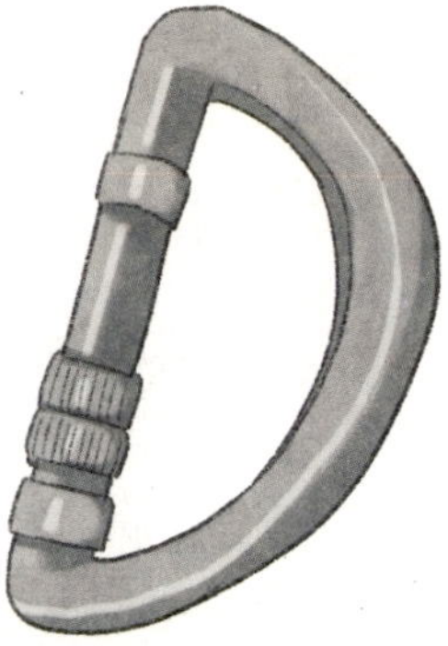

她把最大的那个圈套在腰上，然后双腿套上与大圈相连的两个较小的圈。此时，贝尔也系好了自己的安全带，然后拉紧了头盔上的绳子。“要把头部保护好，”他说，“脑袋只有一颗哟。”莉莉赶忙拉了一下头盔上的绳子，确保头盔戴好了。

接着，贝尔从背包里掏出了一个钢圈。钢圈的一端有铰链，因此可以自由开合。莉莉也知道这个怎么用。

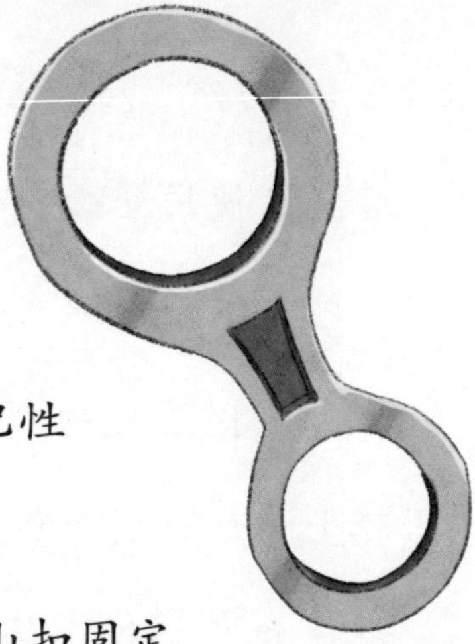

“这个是……登山扣？”

“答对了！”贝尔说，“莉莉，你的记性很好呀！”

贝尔帮莉莉把登山扣固定在安全带前侧的卡扣上。然后他掏出了一个形状像“8”的金属配件，两个圆圈一大一小。接着，他把登山扣固定在其中一个圆圈上。

“你知道这是什么吗？”贝尔问。莉莉犹豫着点了点头，她不太记得这个东西的确切名字了。“这是下降器，下山的时候可以起到控制作用。我会在它下面的绳子上系一个保护器，下降速度非常快的时候，保护器可以起到减速的作用。你只要记住一点：右手控制方向，左手控制速度。右手握住下降器上面的绳子，左手握住保护器。只要松开手，保护器就会卡住绳子，你就不会往下滑了。”

莉莉点点头。信息量真大，但她觉得自己可以掌握。

“右手方向，左手速度。”她重复道。

“没错！”贝尔笑着看了看悬崖下面，“呶，绳子一共五十米长，咱们将整个路程分成几段肯定没问题。”

贝尔用锤子将几根金属钉子敲进了石头，然后在每根钉子上固定了一个登山

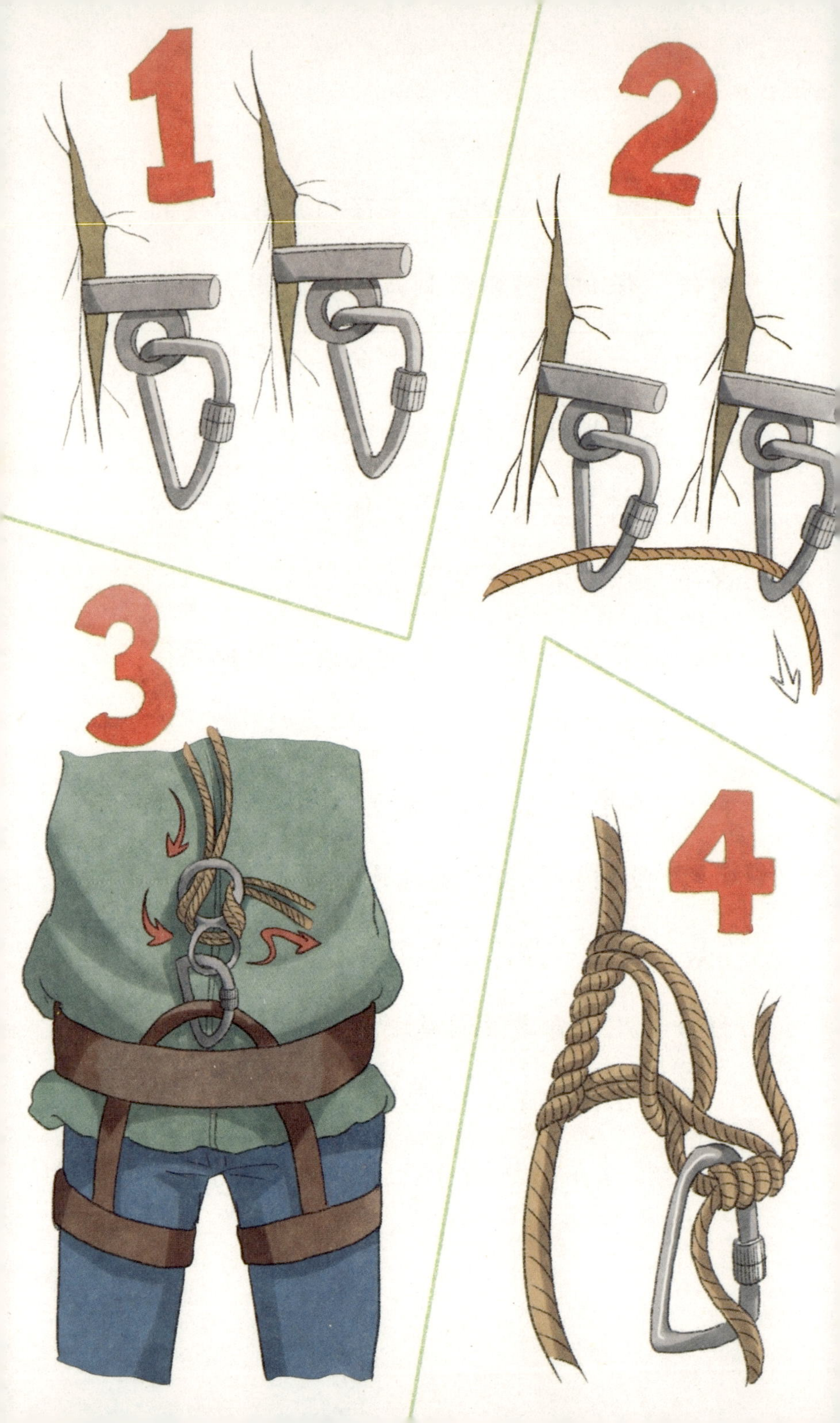
1
2
3
4

扣。接着他把绳子穿入两个登山扣，拉动绳子一端，让登山扣正好位于绳子的中间。最后，他把两部分绳子一起穿入莉莉戴的下降器当中。

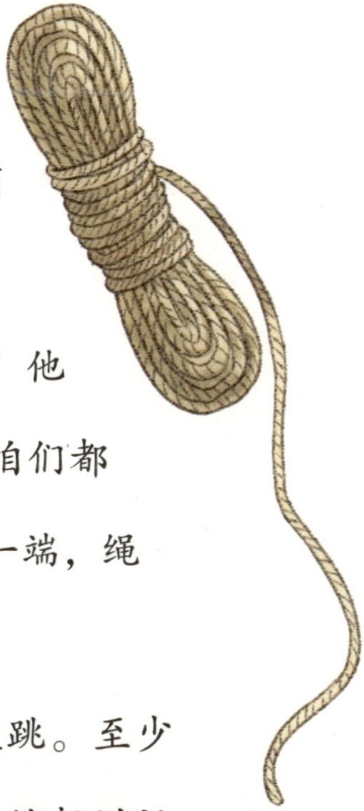

“我把绳子一折为二，”他说，“你先爬，我再爬，等咱们都下去之后，我只要拉住绳子一端，绳子就都下来了。”

莉莉张着嘴，心怦怦直跳。至少到现在为止，她还有信心。她想说话，可什么也说不出来。她知道她必须勇敢开口说话。

“我先下去吗？”她问。

"对，"贝尔轻声说，"一次只能下去一个人。我现在只能给你检查一下装备有没有问题。但是，莉莉，你比我想象中的要勇敢得多。我知道，你能行。"

贝尔把保护器卡上，然后将红色的尼龙绳系在绳子上。莉莉感觉很紧张，她想转移一下注意力。

"这个交给我吧，我好像记得怎么做。"她对贝尔说。

果然不假。她用红色尼龙绳在登山绳上绕了四五圈，并且确保绳圈相互之间不重叠。

贝尔笑了。

"你真棒！真是天才啊，莉莉！"

该行动了。背对着悬崖底下的时候，莉莉的心跳得依然很快。她慢慢倾斜身体，往悬崖下面滑。

绳子顺利穿过下降器，中间一点儿也不卡，只有摩擦力在和重力对抗，不然她肯定会一滑到底。

一切都很顺利。莉莉登着悬崖石壁不停后退，不一会儿就站在了下面的岩架上。

几分钟之后，贝尔也站到了她旁边。

“你很擅长攀登啊！”贝尔高兴地说。他用力拽了拽绳子一端，另一端迅速上升，穿过两个登山扣。一转眼，整根登山绳就掉在了他们脚边。贝尔又往岩石上敲了几根钉子，然后把绳子固定好。

这段岩架有些倾斜，贝尔必须抓着绳子才敢往下看。

“嗯……”

“有什么问题吗？”莉莉紧张地问。

“嗯，这块悬崖是向外突出的。下面是悬空状态，所以不能像刚才那样脚踏在悬崖石壁上了。咱们只能吊在半空中，不过，除此之外，其他都一样。”

“没问题。”莉莉突然觉得信心大增。刚才攀爬都没问题，这次也一定没问题。

又要往下爬了。莉莉再次从岩架上下来，她发现岩架在她面前，离她有一两米远，她整个人垂直向下，被一根绳子吊着。

还好，绳子再次顺利地从下降器中滑了下去。很快她就踩到了下方的岩架。感觉真好！她知道窍门了！

贝尔也成功地滑了下来。他继续探身往下看。莉莉发现他突然一副若有所思的样子。

“好吧，”他说，“看来情况不怎么好。”

莉莉不知道问题出在哪儿。这段岩架和刚才的很像，一样相对平坦的石头，一样的悬崖，一样向下延伸……

“看上去这一段很长，”莉莉说，“得有……我觉得……不止五十米吧？”

贝尔点了点头。

“可能有一百米。我之前算错了。咱们的绳子只有五十米，就算不对折也不够。”

“所以……”莉莉不喜欢脑海中突然冒出的想法。她抬头看了看刚才那段二十米的悬崖，又看了看头顶悬空的那块石头。

就算他们重新回去，想爬上那块悬空的石头，也得头朝下，脚朝上，特别困难。

“难道咱们要爬回去？”她小声嘀咕道。

稀薄的空气

“不用，”听贝尔这么说，莉莉松了一口气，“爬上爬下已经够了，至少暂时不需要了。”

他指了指绵延的山脊：“现在呢，咱们要往那边爬。瞧！”

山脊往远处延伸，越来越窄，似乎被崖壁吃掉了。路面越来越窄，最后变成了一条线，完全消失了。那条线依然在向远处延伸，只是莉莉看不到尽头，但她发现，那片悬崖脚下是开阔的平地。

“你的意思是，”莉莉很紧张，想确认一下自己的理解是否正确，“咱们沿着崖壁，爬到那边的平地？”

崖壁几乎呈垂直状态，她想视而不见都做不到。

贝尔笑了笑：“对，就是要沿着崖壁爬过去。”

莉莉张口想说，这个主意对她来说有难度。

可她又闭上了嘴巴——什么都不说，听贝尔的不是更省事吗？

突然，她想起了贝尔之前的叮嘱：在一个团队里，每个人都应该知道其他人能做什么，不能做什么。贝尔有知情权。说

实话并非小题大做。其实，不这样做就等于在撒谎。

“那个……我之前没有这样攀爬过，贝尔，”莉莉说，“我只练过在攀岩墙上爬上爬下。”

“哦，好，这个是应该说清楚，谢谢你，”贝尔严肃地说，“不过，好在咱们有两个有利条件。首先，咱们有合适的工具。绳子还系在腰上，不用动，另一端要固定在石头上。你瞧这个。”

贝尔从背包里掏出一串小玩意儿，看上去像是奇怪的武术玩具。每一个小玩意儿都有一根金属杆，末端有三四个带锯齿的金属片。他把其中一个小玩意儿塞进了崖壁上的一条裂缝当中，然后松开了上面的开关。在裂缝里，所有的金属片啪的一声全打开了。

“这是机械塞，”贝尔说，“试着拽出来。”

莉莉双手握住机械塞，用尽力气往外拉。机械塞纹丝不动。贝尔又按了下开关，金属片收了回去，莉莉很容易就把机械塞从裂缝里拽了出来。

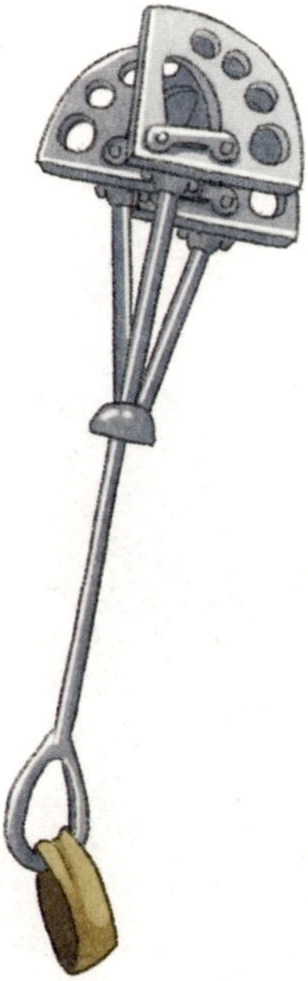

“你看到了吧？机械塞在裂缝中间的时候，金属片可以起到固定作用，”贝尔说，“咱们可以把绳子固定在机

械塞上。”

“很巧妙。”莉莉把机械塞递给贝尔，“那另一个有利条件是什么？”

贝尔笑了。

“有适合攀爬的人啊。头脑清醒，能做出正确的决定。我相信你就是这样的人。面对压力，保持冷静，这一点你做得很好，莉莉。”

莉莉觉得脸有点红了。这是真的吗？不过贝尔这么想，她觉得很高兴。

贝尔又说：“接下来咱们这么做。

我先顺着崖壁爬到那边的平地上。绳子的一端在我这里，我边爬边在石头上固定机械塞，然后把绳子穿进去。绳子的另一端固定在你身上。我爬完，你跟上。如果脚下踩滑了，绳子会拉住你的。每爬到一个机械塞跟前，就将机械塞拽出来，挂在安全带上。剩下的机械塞和绳子依然可以保护你。你只要往前爬就行了。”

“好的。”莉莉觉得很安心，因为机械塞卡得非常紧，她用尽全力往外拉都拉不动。贝尔相信她，因此她也充满了自信。

“咱们开始吧。”她笑着说。

贝尔把绳子一端固定在自己安全带的登山扣上，另一端固定在莉莉的登山扣上。此时整条绳子一圈圈盘在地上，一动不动。接着，贝尔把第一个机械塞插进了崖壁边缘的裂缝中，然后打开登山扣，把绳子固定在机械塞上。他开始攀爬了。石头上的绳圈慢慢被拉动。莉莉仔细观察，留心贝尔的每一个落脚处。她要选择同一条线路。她发现贝尔现在依然遵守同样的规则：一次只挪动一只脚或一只手。她暗暗告诉自己，一会儿自己也要这么做。

每隔几米，贝尔就固定一个机械塞，然后挂上绳子。不一会儿他就爬到了崖壁的另一侧，从莉莉眼前消失了。不过绳子依然在动，莉莉听得到机械塞的咔嚓声。

“好啦，我到啦！”最后，贝尔大声说，“我马上把剩下的绳子拉过来。”

地上的绳圈突然迅速滑动起来，因为贝尔在用力拉扯。接着，莉莉感觉到安全带被拉紧了。面前的绳子已经被拉直了，绳子穿过一系列的机械塞，绕过崖壁，另一端连着贝尔。

“可以啦，”贝尔继续喊道，“该你了！”

莉莉的心突然怦怦直跳，不过，她已经做好了迎接挑战的准备。

“来啦！”她回应道，然后迈步离开了山脊上的安全地带。

她很高兴自己向贝尔坦白以前没有这样攀爬过，正因如此贝尔才会妥善安排，让没有经验的她也可以爬过去。如果她什么都不说，可能他会选择一种更困难的方法，到时候两个人都会陷入危险之中。大胆说出实情才是最正确的做法。

莉莉感觉身后只有薄薄的空气，无依无靠。如果掉下去，根本没有任何缓冲的可能。难怪大家都说空气“稀薄”呢！每次伸手或伸腿之前，莉莉都先确认牢靠与否。

不一会儿莉莉就爬到了崖壁的另一侧，刚才的山脊已经看不到了。不过，她

能看到贝尔了。此时，他们之间只有几米远，贝尔正一脸鼓励地朝她笑呢。他坐在石头上，腰上系着绳子，双腿有力地蹬着地面，生怕莉莉会滑下去。

“还有几步……”贝尔说，接着，他伸出手，帮莉莉跳到平地上来，“瞧，你成功了！”

贝尔收起绳子的时候，莉莉往四处看了看。

这是一处山坡，平坦的山脊向下蜿蜒，没有忽上忽下的变化。

“不用再爬了！”莉莉高兴地说。

“嗯，”贝尔一边将绳子装进背包，一边笑着说，“但愿如此。”

冷杉和蕨类植物

沿着山坡往下走的时候，莉莉知道贝尔在跟她说话，可他的声音越来越小，越来越难听清楚。

即便把头盔摘下来，她依然觉得耳朵像是被堵住了。

莉莉吞了一口唾沫，收紧下巴，她感觉耳边嗡嗡作响。突然间，她又能听清楚了。

“哇！”莉莉用手按了按脑袋，说道，“耳朵里像是有东西在爆炸，好吵啊！”

贝尔笑了。

“不管海拔怎么变化，人体内的气压是保持不变的，但是咱们已经下降了一千多米，空气的密度比刚才大多了。因此你会感觉耳朵像被什么堵住了。”

“对，现在还比刚才暖和了呢。”莉莉说着，拉开了防风衣的拉链。

“咱们每往下走三百米，气温大概上升两摄氏度，”贝尔说，“因此，被困在山中时，最基本的原则就是尽快找到出路，逃出去。”

他们已经沿着斜坡走了几个小时，此时，地面依旧陡峭，不过，坡度已经缓和多了。每走一小时，休息五分钟，这一点出发前贝尔已经计划好。休息时补充一些能量棒，喝些水。

莉莉记得，贝尔说从山坡上往下走是最好的，因为你可以看清前方的状况。身处高地，她觉得有一种

掌控感，她喜欢这样的感觉。山谷、湖泊、河流可以尽收眼底。你不会有一种猝不及防的感觉。

“哦，抱歉，刚才你说什么？我没听到。”莉莉问。

贝尔笑了笑。

“我说咱们到树林里之后就可以换换口味，不用再吃能量棒了。”

山谷底部是一片松林，看上去就像一个大碗，里面全是松树。此时，他们已经来到了松林中。

“树林中会有浆果和蕨类植物……”

“蕨类植物也能吃？”莉莉惊讶地问。

“如果用水煮一下，一般来说都是可

以吃的。”贝尔回答说，“咱们得找一条小溪，补充一些干净的水，然后再去找浆果。蓝色的和黑色的通常是可以食用的，白色的和黄色的不行。草尖和种子也可以吃。”

贝尔说话的时候，一道美丽的彩虹吸引了莉莉的注意力。彩虹只有一段，就像她在家里见到的一样，颜色非常鲜艳，每一条色带都清清楚楚。咦，彩虹不是雨后才有的吗？

她想问贝尔，可又觉得不该插嘴。

“找食物的基本原则是，不要花费太多精力，不要得不偿失。”

他们已经来到了松林深处，周围静谧

温暖，空气中都是松树的气味。离贝尔最近的那棵松树的树皮翘起来一块，像是被谁用斧子砍过，平视时贝尔刚好可以看到。贝尔用手摸了摸，似乎在思考什么。

莉莉正打算问他怎么回事，还没开口，贝尔就扯下一块树皮，递给了莉莉。然后他自己也扯下一块，放进了口中。

“杉树的全身都能吃，松树也差不多。”他说。

莉莉很诧异，不过继续往前走的时候她还是把树皮放进了嘴巴。味道嘛……就是木头而已，不过也还好。

很快他们就发现树丛中有一条湍急的小溪，小溪向山下匆匆流去。

“好啦，现在咱们知道该往哪个方向走了。”贝尔说。

“跟着小溪，小溪知道怎么走出山谷。”莉莉恍然大悟。

贝尔又笑了。

“答对了！跟着水流，总能走出去。”

实际上，小溪看上去很着急，似乎想挣脱山谷。越往下坡度越大，水流速度也越快。一个和莉莉家附近的主干道差不多宽的峡谷都被溪水填满了。峡谷两侧非常窄，树木没办法生长，莉莉和贝尔勉强可以走上去。

他们在湍急的水流前又休息了五分钟，莉莉发现了一丛蕨类植物，想到了贝尔之前说的话。他们喝完水壶中的水，然后又把水壶装满。

“不知道上游有没有动物尸体，所以待会儿休息的时候咱们要把水烧开，不然太脏了，”他说，“然后好好吃顿饭。”

“带着这些蕨类植物怎么样？”莉莉刚说完，就发现不对劲了，她指向水边，

说道，“咦，哪儿去了？”

蕨类植物呢？见鬼！刚才还在呢！

哦！莉莉突然明白了。

“一定是被水淹没了！”

小溪在他们身后涨了起来，溪水外溢，淹没了他们刚刚走过的岸边。

“啊……”

贝尔抬头看了看。

莉莉顺着贝尔的目光，盯着身后的树木。

他们花了很长时间爬过的那座山已经看不见了。天空灰蒙蒙的一片。

“哇，要下大雨了！”莉莉说。

“对，估计不小，”贝尔迅速说道，

“瞧，乌云朝咱们这边赶来了。咱们得离开峡谷，这儿很容易暴发山洪。只要几分钟，这里就是一片汪洋了。”

信息量太大

莉莉觉得，要想逃出去，只能沿着峡谷往下走，可贝尔拍了拍她的肩膀，拦住了她。

“咱们不能往那边走，”他说，“会把我们冲下去的，看见了没？”

就在他们身前不远处，溪水已经冲到了岸边。

“但咱们可以蹚过去啊。”莉莉说。溪水看上去只到脚踝那么深。

“溪水还在涨，”贝尔说，“如果水流

湍急，只要短短十五分钟，一辆车就能被水淹没，如果车都逃不掉，那咱们也逃不掉。”

他们身后，小溪两岸已经被水淹没。如果他们不前进，也不后退，莉莉觉得他们会被困在这里。所以，唯一的办法就是……

她叹了一口气，再次戴上头盔：“看来咱们又得爬山了！”

贝尔微笑着戴上头盔，然后弯下腰，双手紧紧扣在一起。

“踩这儿，我推你一把。”

莉莉沿着峡谷的石壁往上爬，默念“一次移动一只手或一只脚”的规则。不

一会儿，她就坐到了三米高的山脊上。贝尔紧跟着也爬了上来。莉莉低头往下看。

“哇！”

整个峡谷已经灌满了水，连岸都看不见了。水面上一根树枝被湍急的水流冲得漂来荡去。莉莉就算跑，都追不上树枝往前冲的速度。

“真奇怪，”贝尔说，“我并没有看到常见的暴雨迹象啊。”

“什么迹象？”

“大自然会提示你的，”贝尔掰着手指开始数，“蜘蛛会把网结得又短又密，这样它们就不会被雨水冲走了。小虫子会成群涌现。植物的气味会更浓烈，似乎在等待雨水的浇灌。下雨前还经常出现彩虹，因为空气湿度特别大。当然，这些迹象并非都会出现，有些很难注意到，但你总能发现一二……难道这次有什么问题？”

莉莉顿时张大了嘴巴。

“我……我，我确实看到彩虹了，”她说，“早些时候，可是……我不知道那值不值得关注。”

贝尔又笑了。

“莉莉，这不怪你。我应该引导你才对。不过你要记住，对于求生者来说，没有什么信息是多余的。如果你发现了异常现象，一定要指出来。”

大约过了一个小时，水退了不少，莉

莉和贝尔可以重新爬下去了。走了没一会儿，他们就离开了峡谷，回到了松林中。天空中的云变成了红色。

“再过两个小时天就黑了，”贝尔看了看手表，说道，“等待洪水退去花了不少时间，这意味着咱们赶的路比计划的少。看来得在树林里过夜了。你可以吗？”

莉莉看了看周围的树。离开家，在漆黑的树林里过夜，她可以吗？她想了又想。

哦，她想起来了！

“整整一周我都在露营地，所以我觉得在树林里过夜没问题！”莉莉说，“我们露营的时候在树林里搭帐篷了。”

贝尔笑了。

“很好。咱们继续往前走，找一处适合搭帐篷的地方。”

接下来休息的时候，贝尔和莉莉又从一棵树上扯了一些树皮，贝尔还摘了一把松针。

“一会儿往水里煮一些松针，”贝尔说，“松针富含维生素C，可以为身体提供能量。啊……不是吧……”

树皮上有一些奇怪的痕迹，莉莉也看

到了。她发现贝尔正盯着那些痕迹仔细研究。

“没有什么信息是多余的。”贝尔的话萦绕在莉莉耳边。

“那是什么？”莉莉问。

“嗯，是熊的爪印，”贝尔一脸严肃，接着，他又说，“可能它想看看树皮下有没有虫子。”

“熊？”

莉莉迅速扫视周围。多大的熊？会不会偷偷靠近他们？

“这一带肯定有熊，不过咱们有办法应对。”贝尔宽慰道，“首先，不要和熊赛跑，因为你跑不赢。它们还擅长爬树，而

且爬得比你快。如果是棕熊，或灰熊，它们很可能会生气，因为你侵犯了它们的地盘，或者打扰了熊妈妈和熊宝宝。所以呢，这种情况下只能装死。躺下，蜷起身体，保护颈部……”贝尔用双手抱住后颈部做示范，“不要动。熊确定你对它没什么威胁之后，就会离开。不过，这里可能是黑熊的地盘，黑熊和灰熊不同，它们只要肚子饿就会发动攻击，这种情况下躺下就不是上策了。你要和黑熊面对面，站得高高的，用力挥舞手臂，用力大喊……”

贝尔突然跳到了莉莉面前，差点撞到莉莉：“最好是吼出来！”

莉莉吓了一跳。

贝尔的声音恢复了正常，莉莉也从惊讶中回过神来。“学我刚才那样就可以。一定要大吼出来。”

“我不知道看到熊我敢不敢大吼，”莉莉说出了心里话，“估计我会被吓傻的。”

“对，熊确实很可怕，”贝尔表示赞同，“所以，你要问自己几个简单的问题。我想成为熊的美餐吗？不想！我会成为熊的美餐吗？不会！我要让熊以为我是它的美餐吗？不要！心里有了信念，行为也会

改变。”

“对。”莉莉若有所思地说。

“不过不用太担心。咱们正常赶路，边走边说话，让它们知道咱们来了，它们很可能事先选择避开。”

“对，”这次莉莉的声音更响亮了，她边说边看了看树林，“就这么干！”

直面黑熊

贝尔不想在熊曾经出没的地方搭帐篷。他们继续在树丛间跋涉，朝着山谷上坡的方向走，确定已经走出熊的地盘之后，贝尔才停下脚步。

“这里看起来不错。”贝尔最后说道。

在山谷的半山坡上，一棵松树向一侧倾斜，其他树刚好撑住了这棵倾斜的松树。松树的根一部分从土里出来了，地上留下一个坑，成了天然的栖身之处。

“瞧，现成的，”莉莉说，“差不多成

形了。”

贝尔笑了笑。

“位置非常好，而且朝南，一天的大部分时间都能晒到太阳，地面不会太凉。现在咱们离谷底大约三十米，所以，山上的冷风会吹过来。地面很干燥，因为水慢慢渗到了较低的地方。咱们只要稍作整理，这个临时帐篷就非常完美了。”

贝尔从背包里掏出一把弯刀，他们先从附近的树上砍了一些树枝。莉莉身材娇小，因此可以靠近树干，躲开松针，寻找最合适的树枝。

“要找比较细的，”贝尔说，“和你的胳膊差不多就行，大约一米长。”

他们先在地上铺一层树枝当作保温层。杉树的树枝宽大平整，贝尔和莉莉可以把树枝一根根摞起来。接着他们搭了一个屋顶，将树枝一端抵在地面上，一端抵在翘起来的树根上，树枝重叠摆放。松针密密麻麻，既防风又防

雨。莉莉想起了露营的第一天，大家分别利用手头有的东西搭建帐篷。如果当时能搭出这样的帐篷，肯定能得奖！

莉莉和贝尔爬进地上的洞里，从下面检查他们的战果。莉莉抬起头，一脸骄傲地看着屋顶。临时帐篷温暖舒适，充满了松树的香味，而且到处都是绿莹莹的。

“帐篷搭得不错，”贝尔说，“现在呢，咱们只剩一个任务了——生火做饭。”

“太棒啦！”莉莉说。能量棒一直给他们提供身体所需的能量，可他们已经走了一整天，莉莉现在只想吃点热乎的东西。

就在这时，一声低沉的吼叫把莉莉吓得差点跳起来，树枝搭建的屋顶上伸出一只爪子。树枝全都倒了，压在了贝尔身上。

只见一只熊透过屋顶中间的空隙直勾勾地盯着莉莉和贝尔，它体形很大，浑身都是黑色。熊吼叫时呼出的热气扑到了莉莉脸上。她闻到了一股腐臭味。

莉莉站在原地一动不动，已经吓傻了。

“莉莉！这是黑熊！要让自己显得更强大啊！”

贝尔挣扎着从树枝下爬起来。只要几秒，他就能摆脱树枝的束缚，可莉莉知道，现在哪怕一秒对他们来说都至关重要。

熊显然是认真的。

黑熊！贝尔是怎么说的？

直接面对！

莉莉鼓起所有勇气，拼尽全力大吼起来，她之前从没有这么大吼过。

“我可不是你的美餐！”

熊一下子抬起了前爪，站了起来。那

双前爪就像拳击手的手，而且长着餐刀一样的爪尖。“莉莉！”贝尔此时用力挪开了腿上的一根树枝，“站得高高的！大声吼叫！”

莉莉爬到洞口，拼命往上跳，同时用力挥舞手臂。

“啊……啊……”

熊也吼了起来。那口尖利的牙齿似乎能将钢铁咬烂。莉莉的心怦怦直跳。熊真的可以把她一口吞掉，这一点根本毋庸置疑。

莉莉总是安安静静的，

不爱说话，现在是她长这么大以来第一次大声喊出来，让对方听到。对她来说，这么做非常重要，重要到关乎生死。

所以她用超出自己想象的声音尖叫起来。

“啊……啊……啊……”

熊依旧两腿站立，摇摇晃晃。

莉莉没有停下，她跑上前去，用力挥舞

手臂，用尽全身力气继续大吼。

熊发出了一阵咕噜声，然后转过身，回到了四脚着地的状态。它慢慢挪着步，离开了。走进树林里之前，它还一脸怒气地回头望了望。

此时贝尔已经从树枝下爬了出来，站到了莉莉身后。

“哇！”他大口喘气。

“莉莉，你镇住它了。你刚才真的很吓人！”

莉莉不好意思地笑了笑：“谢谢夸奖！”她还在大口喘气，但感觉棒极了。

她可以发出声音，可以直面真正让人恐惧的事了。

“莉莉，你真的吼了出来，真的太棒了！不过……咱们可能要重新找露营地了。”贝尔补充说。

莉莉看着帐篷一片狼藉，有些难过。他们忙活了好一阵子，现在只能丢弃。不

过，丢弃一个毁掉的帐篷总比被饥肠辘辘的熊吃掉要好得多。

此时贝尔的背包还被压在树枝下呢。

“我来拿背包，”莉莉说，“我个子小。”对她来说，钻到树枝下更容易一些，再说了，现在心情很好，之前的种种担心和恐惧一扫而空，她觉得轻松多了。

莉莉跳到洞里，在树枝下摸索。她够不到背包，于是往前爬了爬。

突然，她一个趔趄，眼前的一切消失不见了，这种变化就像她莫名其妙出现在山里一样。

这次莉莉没有碰到坚硬的石头，也没有翻滚出去。

“喂，莉莉，快点啊！我还要出去呢！”

米娅跪在悠波球的出口处，等着莉莉出来。

贝尔和刚才的一切消失不见了。

大声说出口

“啊！真是对不起！”

乔跟着奥马尔从男生的悠波球里跌跌撞撞爬了出来，一脸的不开心。

“全怪我，全怪我。”他说。

“乔，到底怎么回事啊？”米娅一边揉着胳膊上的擦伤，一边怒气冲冲地瞪着乔。

莉莉一下子全想起来了。悠波球相撞，然后失控了。米娅没有正确地系安全带。这不能全怪乔。米娅应该清楚啊！

“你们没事吧？”一个成年人的声音传来，“怎么回事？”

领队从斜坡上跑了下来。莉莉发现，她的动作和贝尔很像，身体后倾，将重心放在脚后跟上。

贝尔哪儿去了？莉莉再次环顾周围。难道脑袋撞坏了，刚才的一切都是自己凭空想出来的？

“全怪我，”乔重复道，“奥马尔让我向右转……我……我分不清左右。对不起。”他看着莉莉和米娅。“很抱歉我们撞到了你们的球，很抱歉让你受伤，米娅。”

“没事。”米娅还在揉胳膊。

莉莉眯起了眼睛，但她什么也没说。

只是这次保持沉默并不是怕惹麻烦。她要说出自己的想法，但只对米娅说就够了，当着大家的面说这些不太好。

“好的，”领队想了想，说道，“男生请注意，请伸出你们的左手。”

奥马尔和乔照做。莉莉发现，乔等奥马尔伸出左手之后，才跟着伸出了自己的左手。

“很棒！”领队说，“你们都把手表戴在了左手的手腕上。所以呢，从现在开始，不用说‘左’和‘右’，只要说‘手表’和‘非手表’就行了。”

乔脸上的不悦顿时消失了，取而代之的是笑容。

“好的，这个我可以！”

“对啊，好酷的方法。”奥马尔的眼睛都亮了。

“听我说，大家把悠波球推回去，咱们重来，好不好？”

莉莉和米娅站在悠波球后，齐心协力往斜坡上推。莉莉咬着嘴唇，欲言又止。她必须把心里话说出来，现在就要说。

“你为什么觉得悠波球相撞应该由乔认错？”莉莉问。

米娅耸了耸肩。

“我不知道。勇敢承认

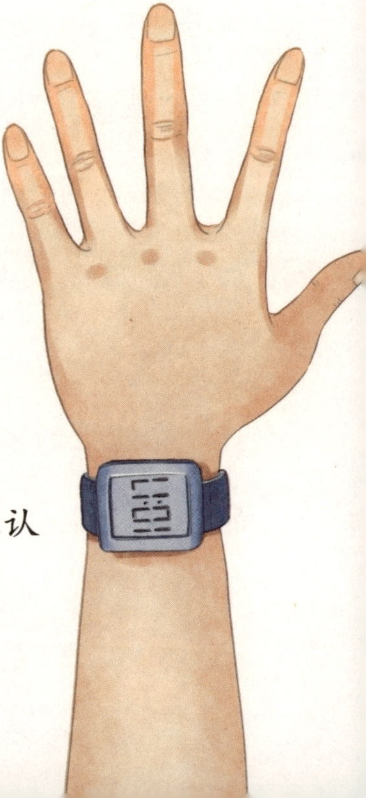

错误很好啊，再说了，本来就是他的错。”

要是以前，莉莉就不会再说什么了，但她们受伤并非因为两球相撞，而是因为米娅没按规定做。如果莉莉现在保持沉默，以后再有人受伤怎么办?

莉莉想起了贝尔关于“大胆说出口”的建议：如果说得对，如果有用，那就有必要说出来。而现在，米娅有必要被告知事实真相。

“米娅，如果你把安全带系好了，最后就不会完全失控了！”

米娅惊讶地看着莉莉，她张大嘴巴，然后又合上，接着又张开，反复几次之后，她居然微微笑了。

“你说得对，”她认同了莉莉的说法，“对不起。”

莉莉很开心，她们重新开始比赛的时候，米娅把两条安全带都系好了。这次男生也没有弄错方向，因为他们用的是“手表 / 非手表”的辨别方式。两个悠波球相互撞了几次，有几次还撞到了树上，但这都是无法避免的。最后他们同时越过了终

点线，打成了平局。

午饭时分，莉莉把餐盘装得满满的，朝一张餐桌走去。米娅和奥马尔跟在莉莉身后，聊着下午的比赛。

“嗨，莉莉，这个是你掉的吧？”米娅把一个东西放到了莉莉的餐桌上，然后坐到了莉莉身旁，继续和奥马尔聊天。

莉莉的心猛地一沉。这是她在山顶上发现的化石，当时一块石头掉落，她和贝尔发现了这块化石。

但那不是她撞到了头之后出现的浑浑幻境吗？难道不是？

莉莉想到了贝尔的建议，想到现在自己已经有自信说出自己的想法。也许她真的去过山上……

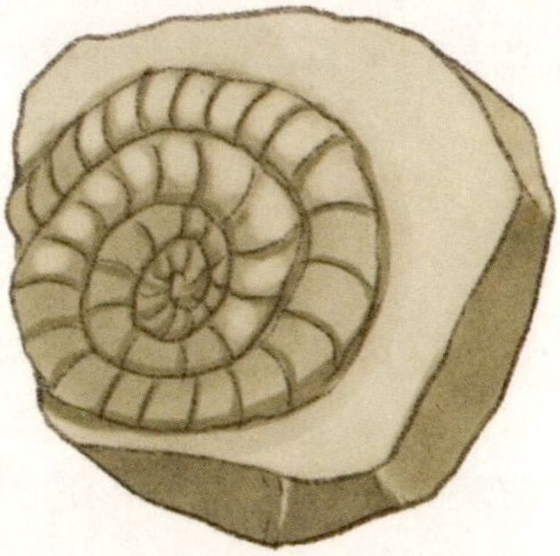

可她是怎么到达山上的呢？

莉莉仔细回忆整个早晨发生的事。在悠波球里面的时候，特别颠簸，撞来撞去，她觉得头晕目眩，就连指南针都撞坏了。莉莉想起了指南针的五个方向以及转个不停的指针。

她从衣兜里掏出指南针，现在刻度盘上只有四个方向，指针不偏不倚指向北方。

嗯……莉莉暗暗思考，是因为这个吗？头晕目眩、指南针的指针转个不停……这和她遇到贝尔、一起探险有关系吗？

“嗨，莉莉，这里！”乔喊道。莉莉这才回过神，意识到乔在跟自己说话。

“薯片是在哪儿拿的？”乔问。

莉莉指了指放着小吃的桌子。

“呶，最右边那张桌子。”她说。

“好的，谢谢。”

乔往左边走去。走了一半，他又转身朝右边走去。

莉莉本来想着米娅需不需要指南针，可一瞬间她改了主意。她突然觉得，乔更需要这枚指南针。说不定他也能跟贝尔学点什么。

所以，乔回到餐桌旁边时，莉莉把指

南针推到了他面前。

“嗨，乔，你要不要这个？”

乔一脸不解地看着莉莉。

“嗨！你为什么觉得我需要指南针啊？难道我很容易迷路？”

莉莉发现，乔误会了自己的意思，她可不是开玩笑。

她本来可以说“没什么”，然后直接走开，可她知道，她要把心中所想说出来。她要大胆说出来，因为她知道，贝尔真的可以帮助乔，而这跟指南针有关。

“乔，我不是在开玩笑，”莉莉说，“我说的是真话。这枚指南针很棒，真的。我想你会喜欢的，就把它当作礼物吧。”

贝尔

BEAR GRYLLS
ADVENTURES

神奇生存指南针

系列

高山生存知识小测试

THE MOUNTAIN CHALLENGE

1. 登山的时候应该就穿一层衣服还是多穿几层?

A. 就穿一层
B. 多穿几层

2. 从碎石坡上下去，应该快速冲下去还是慢慢爬下去?

A. 快速冲下去
B. 慢慢爬下去

3. 什么颜色的浆果通常是可以食用的?

A. 蓝色的和黑色的
B. 白色的和黄色的

4. 在山里如何寻找出路?

A. 跟着太阳的方向走
B. 跟着小溪流淌的方向

5. 松针富含什么营养?

A. 维生素 C
B. 维生素 B

你知道吗?

· 黑熊主要分布在欧洲和北美洲，因为那里冬季寒冷。它们把山洞、地洞或适合藏身的地方当作栖身之地，以草、水果、坚果、植物种子以及鱼类为食。

· 冬季有很长一段时间熊都在冬眠，它们一直躲在洞穴里，消耗身体里夏秋两季存储的脂肪。

· 黑熊并不一定是黑色！它们长着两层皮毛，呈蓝灰色、蓝黑色，甚至浅棕色。有一只黑熊居然浑身是白色，被称为“白领熊”！熊的第一层皮主要作用是保暖，第二层皮主要作用是保持身体干爽。

· 泰迪熊据说因美国总统罗斯福而得名，罗斯福总统 1902 年狩猎时，不愿对一只黑熊开枪。

· 温尼伯是生活在伦敦动物园的一只著名的雌性黑熊。作家米尔恩的儿子克里斯多夫 · 罗宾把自己的泰迪熊爱德华改名为“小熊维尼”，这激发了父亲的创作灵感，因此才有了后续的著名故事。

答案

1. B　登山的时候要多穿几层衣服，这样有助于保暖，因为衣服之间有空气。

2. A　如果放慢速度，松散的小石块就会跟着往下滑，人会摔下去。所以，要大步流星，将重心放在脚后跟上，这样身体才不会向前冲，出现失衡的情况。

3. A　蓝色的和黑色的浆果通常是可以食用的，白色的和黄色的不行。

4. B　跟着小溪流淌的方向走，水流总会有出口。

5. A　松针富含维生素 C，还可以为身体提供能量。